COPIE

De la troisieme Lettre de M. de
Voltaire à M. Palissot. Le
18 Juillet 1760, aux Délices.

VOTRE Lettre eſt extrêmement
plaiſante & pleine d'eſprit, Mon-
ſieur, ſi vous aviez été auſſi gai dans
votre Comédie des Philoſophes, ils au-
roient dû aller eux-mêmes vous battre
des mains ; mais vous avez été ſérieux,
& voilà le mal ; entendons - nous, s'il
vous plaît. J'aime à rire, mais nous n'en
ſommes pas moins perſécutés. Maître

A

Abraham Chaumeix & M. Jean Gauchat ont été cités dans le Réquisitoire de M. Joli de Fleuri. On nous a traité de perturbateurs du repos public, &, qui pis est, de mauvais Chrétiens. Maître le Franc de Pompignant m'a désigné très-injurieusement devant mes trente-huit Confreres. On a dit à la Reine & à Monseigneur le Dauphin que tous ceux qui ont travaillé à l'Encyclopédie, du nombre desquels j'ai l'honneur d'être, ont fait un pacte avec le Diable. Maître Aliboron, dit Fréron, votre ami, veut me faire aller à l'immortalité dans ses admirables feuilles, comme Boileau a éternisé Chapelain & Cotin. Je suis assez bon Chrétien pour leur pardonner au fond de mon ame, mais non pas au bout de ma plume.

Permettez que je vous dise très-naturellement & très-sérieusement que votre Préface, donnée séparement avec votre Piéce, est une accusation formée contre mes amis & peut-être contre moi. J'en avois déja deux exemplaires avant que j'eusse reçu le vôtre. On m'avoit indiqué tous les passages où vous vous êtes trompé. Je les avois confrontés : en un mot je suis très-fâché qu'on accuse mes amis & moi de n'être pas bons Chrétiens. Je tremble toujours qu'on ne brûle quelque Philo-sophe sur un mal entendu. Je suis com-me Mademoiselle l'Enclos qui ne vouloit pas qu'on appellât aucune femme B.... Je consens qu'on dise de moi que je suis un Radoteur, un mauvais Poëte, un Pla-giaire, un ignorant; mais je ne veux pas qu'on soupçonne ma foi. Mes Curés ren-dent bon témoignage de moi, & je prie

Dieu tous les jours pour l'ame de frere Berthier. Frere Menoux, qui aime passionnément le bon vin, & qui a beaucoup d'argent en poche, est obligé de me rendre justice. J'ai fait ma confession de foi au Frere Latour. J'étois même assez bien auprès du défunt Pape qui avoit beaucoup de bontés pour moi parce qu'il étoit Goguenard. Ainsi ayant pour moi tant de témoignages, & sur-tout celui de ma bonne conscience, je veux bien avoir quelque chose à craindre dans ce monde-ci, mais rien dans l'autre.

J'ai vu les vers du Russe sur les merveilles du siécle. Il y a une note qui vous regarde : on y dit que vous vous repentez d'avoir assommé les pauvres Philosophes, qui ne vous disoient mot. Il est beau & bon de ne point mourir dans l'impénitence finale. Pardonnez à ce pauvre Ruſſe, qui veut abſolument que vous ayez tort d'avoir inſinué que mes Philoſophes enſeignent à voler dans la poche: on prétend que c'eſt M. Fantin, Curé de Verſailles, qui voloit ſes Pénitentes en couchant avec elles, & ſes Pénitents en les confeſſant: Dieu veuille avoir ſon ame. À l'égard de la vôtre, je voudrois qu'elle fût plus douce envers mes Encyclopédiſtes, qu'elle me pardonnât toutes mes mauvaiſes plaiſanteries, & qu'elle fût heureuſe.

Je vous dirai ce que je viens d'écrire à Frere Menoux. Il y avoit une vieille dévote très-acariâtre, qui diſoit à ſa voiſine: Je te caſſerai la tête avec la marmite. Qu'as-tu dans la marmite, dit la voiſine? Il y a un bon chapon gras, dit la dévote. Eh bien mangeons-le ensemble, dit l'autre. Je conseille aux Encyclopédistes, Jansénistes, Molinistes, à vous tout le premier, & à moi d'en faire autant.

Que reste-t-il à faire quand on s'est bien harpaillé? À mener une vie douce, tranquille, & à rire.

VOLTAIRE, *le bon Suisse*.

P. S. Voilà une F..... guerre depuis le chien de discours de le Franc jusqu'à la vision.

Ma foi, Juge & Plaideurs, il faudroit tout lier.

RÉPONSE

De M. de VOLTAIRE *à M.* DIDEROT.

L'OUVRAGE que vous m'avez en-
voyé, Monsieur, ressemble à son Auteur.
Il me paroît plein de vertu, de sensibi-
lité & de philosophie. Je pense comme
vous qu'il y auroit beaucoup à réformer
au théatre de Paris ; mais tant que les
Petits-maîtres se mêleront sur la scene
avec les Acteurs, il n'y a rien à espérer.
Le plus impertinent de tous les abus,
est l'excommunication & l'infamie atta-
chées aux talens de débiter en Public des
sentimens vertueux ; cette contradiction
irrite, mais elle est encore une de nos

moindres fottifes. J'oublie avec plaifir dans ma retraite ceux qui travaillent à rendre les hommes malheureux ou à les abrutir : & plus j'oublie ces ennemis du genre humain, plus je me fouviens de vous. Je vous exhorte à répandre autant que vous le pourrez dans vos ouvrages la noble liberté de votre ame, on ne mettoit pas Ciceron dans le Donjon de Vincennes, pour fon livre *de Natura Deorum.* Notre fiécle eft encore bien bar-bare.

Vale & fcribe.

www.ingramcontent.com/pod-product-compliance
Lightning Source LLC
LaVergne TN
LVHW021101050726
842519LV00005B/1786